ED.PERELLÓ CLÁSICOS LIBRES

AF237817

EL DESTINO DE UN HOMBRE

ED. PERELLÓ
CLÁSICOS LIBRES

La Colección *Clásicos Libres* está destinada a la difusión de traducciones inéditas de grandes títulos de la literatura universal, con libros que han marcado la historia del pensamiento, el arte y la narrativa.

Entre sus publicaciones más recientes destacan: *Meditaciones*, de Marco Aurelio; *La ciudad de las damas*, de Christine de Pizan; *Fouché: el genio tenebroso*, de Stefan Zweig; *El Gatopardo*, de Giuseppe di Lampedusa; *El diario de Ana Frank*; *El arte de amar*, de Ovidio; *Analectas*, de Confucio; *El Gran Gatsby*, de F. Scott Fitzgerald; *El retrato de Dorian Gray*, de Oscar Wilde, entre otras...

MIJAIL SHOLOJOV

EL DESTINO DE UN HOMBRE

EDICIONS PERELLÓ

© Del texto: Mijail Sholojov
© De la traducción: Mayté Ávila y Ruslán Makarov
© Ed. Perelló, SL, 2025

Carrer de les Amèriques, 27
46420 – Sueca, Valencia
e-mail: info@edperello.es
http://edperello.es

I.S.B.N.: 979-13-70192-50-1

Impreso en España

Este libro ha sido impreso en papel
ecológico procedente de bosques sostenibles.

«El escritor no puede permanecer indiferente ante lo que ocurre en la vida del pueblo; su deber es reflejar la verdad con toda sinceridad».

Mijail Sholojov.

EL DESTINO DE UN HOMBRE

La primera primavera después de la guerra fue en el Alto Don excepcional: llegó impetuosa, y el deshielo se produjo rápido, a un tiempo. A fines de marzo, soplaron de las costas del mar Azov templados vientos y, dos días más tarde, ya estaban completamente desnudas las arenas de la margen izquierda del Don; se alzó, abombándose, la nieve que llenaba barranquillos y cañadas, mientras los riachuelos de la estepa, rompiendo el hielo, corrían retozones, primaverales, y los caminos se ponían casi intransitables.

En esa mala época de caminos anegados me cupo en suerte ir a la *stanitsa* de Bukanovskaia. Y aunque la distancia no era grande —cerca de sesenta kilómetros— no resultó tan fácil recorrerla. En compañía de unos camaradas, partí antes de salir el sol. Un par de caballos bien cebados, tensos como cuerda de guitarra los tirantes de los arneses, apenas podían arrastrar el pesado carricoche. Las ruedas se hundían hasta las pezoneras en la arena, húmeda, mezclada con nieve y hielo, y al cabo de una hora, en los ijares de los caballos y en sus

7

ancas, bajo las finas correas de las retranquillas, aparecía ya una espuma abundante, blanca como de jabón, mientras el aire puro de la mañana se llenaba de un olor acre y embriagador a sudor de caballo y al recalentado alquitrán con que fueran pródigamente embadurnados los arreos.

En los lugares más penosos para los caballos, saltábamos del carricoche y seguíamos a pie. Bajo nuestras botas altas chapoteaba la nieve acuosa, costaba trabajo andar, pero a ambos lados del camino se conservaba todavía el hielo —refulgente al sol como el cristal— y por allí era aún más difícil avanzar. Al cabo de unas seis horas solo habíamos recorrido treinta kilómetros y llegábamos al lugar por donde debíamos cruzar el riachuelo Elanka.

El pequeño río, que se seca parcialmente en verano, se había desbordado frente al caserío de Mojovski, en una extensión de un kilómetro entero, por un terreno pantanoso y cubierto de alisos. Había que pasarlo en una frágil barquilla, de fondo plano, que únicamente podría llevar a tres personas como máximo. Desenganchamos los caballos. Al otro lado, en un cobertizo del *koljoz*, nos esperaba un «Willis» viejecillo, que había visto ya mucho mundo, dejado allá el invierno anterior. El chofer y yo embarcamos, no sin temor, en la vetusta lancha. Un camarada quedó en la orilla con el equipaje. Apenas desatracamos, empezaron a brotar, por diferentes sitios del podrido fondo, pequeños surtidores. Con medios manuales, calafateamos la insegura embarcación y estuvimos achicando el agua hasta que llegamos. Una hora más tarde, nos encontrábamos en la otra orilla del Elanka. El chofer trajo del caserío el auto, se acercó a la barca y dijo, agarrando un remo:

—Si este maldito barreño no se deshace en el agua, volveremos dentro de un par de horas; no nos espere usted antes.

El caserío se extendía a un lado, a lo lejos, y junto al embarcadero había ese silencio que únicamente reina, en pleno otoño o a principios de primavera, en los lugares deshabitados. Del agua venía un hálito de humedad, en unión del acerbo aliento de los alisos putrefactos, y de las lejanas estepas de Prijoperskie, hundidas en el humo liliáceo de la niebla, el suave vientecillo traía el aroma, eternamente joven, de la tierra recién liberada de la nieve.

Cerca de allí, sobre la arena de la orilla, yacía un seto derribado. Me senté en él y quise fumar, pero, al meter la mano en el bolsillo derecho de la enguatada chaqueta, comprobé con gran pena que la cajetilla de «Bielomor» estaba toda empapada. Durante la travesía, una ola había barrido la cubierta de la baja barquilla, hundiéndome en agua turbia hasta la cintura. En aquellos instantes yo no estaba para pensar en los cigarrillos, pues hubo que soltar el remo y sacar el agua con la mayor rapidez posible, para que la lancha no zozobrara, y ahora, lamentando amargamente mi imprevisión, extraje del bolsillo con cuidado la cajetilla reblandecida, me puse en cuclillas y empecé a colocar sobre el seto, uno tras otro, los mojados y pardos cigarrillos.

Era mediodía. El sol picaba como en mayo. Yo confiaba que los cigarrillos se secarían pronto. Los rayos solares calentaban tanto, que me arrepentí de haberme puesto para el viaje los acolchados pantalones y la enguatada chaqueta de soldado. Era aquel el primer día verdaderamente tibio después del invierno. Constituía un placer estar sentado en el seto, sumido por entero en la soledad y el silencio, quitarse el gorro de orejeras, también de soldado, secar al vientecillo los cabellos, empapados después del penoso bogar, y, sin pensar en nada, seguir el movimiento de las nubes que se deslizaban blancas, henchidas, por el azul pálido del cielo.

Pronto vi que, surgiendo tras las últimas viviendas del caserío, salía al camino un hombre. Traía de la mano a un niño pequeño, que, a juzgar por su estatura, no debía de tener más de cinco o seis años. Cansinos, arrastrando los pies, iban en dirección al embarcadero, pero al llegar adonde estaba parado el automóvil, torcieron hacia mí. El hombre, de elevada estatura y un poco cargado de espaldas, se me acercó y dijo con atronadora voz de bajo:

—¡Salud, hermano!

—Buenos días —repuse, y estreché la mano, áspera y grande, que me tendía.

El hombre se inclinó hacia el niño y le indicó:

—Saluda al tío, hijito. Ya ves, es también chofer como tu papá. Solo que tú y yo íbamos en un camión y él conduce ese pequeño coche.

Mirándome de frente con sus ojos claros como el cielo y sonriendo un poquito, el chiquillo me dio con decisión su manecita, sonrosada y fría. Yo se la estreché suavemente y le pregunté:

—¿Cómo es eso, viejo? ¿Por qué tienes la mano tan fría? Hace calor, y tú estás helado.

Con enternecedora confianza infantil, el pequeño se apretó contra mis rodillas y enarcó asombrado las claras cejas rubias.

—¡Yo que voy a ser un viejo! Yo soy completamente un niño. Y no estoy helado, ¡qué va! Si tengo las manos frías es porque he estado haciendo bolas de nieve.

Luego de quitarse de la espalda la mochila escuálida y de tomar asiento a mi lado, el padre dijo:

—¡Estoy aviado con este pasajero! Me trae frito. Cuando caminas a paso largo, él va al trote y, claro, tiene uno que acomodarse a la marcha de este infante. Donde debía dar un solo paso, tengo que dar tres, y así vamos los dos, desacordes, como un caballo y una tortuga. Apenas me descuido, ya se está metiendo en los charcos o arrancando un trozo de hielo para chuparlo como un caramelo. No, no es para hombres viajar con pasajeros de esta clase, y menos a patita.

Hizo una pausa y preguntó:

—¿Y tú qué, hermano, esperas a tus jefes?

Me fue violento sacarlo de su error, diciéndole que yo no era chofer, y respondí:

—Hay que esperar.

—¿Vendrán de la otra orilla?

—Sí.

—¿Sabes si llegará pronto la barca?

—Dentro de un par de horas.

—Bastante tiempo es ese. Bueno, descansaremos entre tanto. Yo no tengo ninguna prisa. Pasaba ya de largo, cuando, de pronto, veo que un hermano chofer está tomando el sol. Me acercaré, me dije, y echaremos juntos un cigarro. Fumar solo es tan triste como morir solo. Vives a lo grande, fumas emboquillados. Se te han mojado, ¿eh? El tabaco mojado, hermano, es como el caballo curado; no sirve para nada. Mejor será que fumemos del mío, que es fuerte.

Sacó del bolsillo del pantalón caqui, de verano, una enrollada bolsita de raída seda color de frambuesa, la desenrolló y yo alcancé a leer una dedicatoria bordada en una de las esquinas: «Al querido combatiente, de una alumna de la escuela secundaria de Lebediansk».

Fumamos de aquel tabaco campesino, muy fuerte, y estuvimos callados largo rato. Iba ya a preguntarle adónde se dirigía con el niño y qué asunto lo obligaba a viajar con aquel deshielo, pero él se me adelantó:

—¿Te has pasado toda la guerra al volante?

—Casi toda.

—¿En el frente?

—Sí.

—Pues a mí, hermano, también me tocó estar allí y pasar malos tragos a más no poder.

Puso sobre las rodillas sus oscuras manazas y se encorvó. Lo miré de reojo y sentí un malestar impreciso... ¿Han visto ustedes alguna vez unos ojos como cubiertos de ceniza, llenos de una angustia tan mortal e insoportable, que cuesta trabajo mirarlos? Pues unos ojos así tenía mi casual interlocutor.

Luego de arrancar del seto una varilla seca y combada, permaneció en silencio unos instantes trazando con ella enrevesadas figuras en la arena; después, empezó a hablar:

—A veces, se pasa uno la noche en vela, escudriñando en la oscuridad con ojos ciegos y piensa: «Vida, ¿por qué me trataste tan despiadadamente? ¿Por qué me has castigado de este modo?». Y no tengo respuesta, ni en la oscuridad ni a la luz del sol... No la tengo, ¡ni la espero! —y de pronto, al caer en la cuenta, empujó cariñosamente al hijito y le dijo—: Anda, querido, vete a jugar un poco junto al agua; junto a las aguas desbordadas, los chiquillos encuentran siempre algo. ¡Pero ten cuidado, no te mojes los pies!

Cuando fumábamos en silencio, yo observando a hurtadillas al padre y al hijo, había advertido ya una circunstancia que me pareció extraña. El chiquillo iba vestido con sencillez, pero su ropilla era buena; la hechura de su larga chaquetita, forrada de fina y desgastada piel de cabra, las diminutas botas altas, lo suficientemente holgadas para ponérselas con calcetines de lana, y un zurcido hecho con mucha maestría para tapar un desgarrón en la manga, todo ello denotaba cuidados de mujer, la cariñosa solicitud de unas hábiles manos maternales. En cambio, el aspecto del padre era distinto: la enguatada chaqueta, quemada en algunos lugares, había sido recosida con descuido, burdamente; el remiendo de los pantalones caqui, de uniforme, no lo había echado como era menester, y más bien parecía sujeto a la ligera con grandes puntadas de hombre; llevaba unas botas nuevas de soldado, pero los compactos calcetines de lana estaban comidos por la polilla sin que hubieran sido arreglados por ninguna mano femenina… y entonces, pensé: «Tú eres viudo o te llevas mal con tu mujer».

Mas él, después de seguir con la mirada al hijito, tosió broncamente y volvió a hablar; yo, todo oídos, lo escuchaba:

—Al principio mi vida fue corriente. Nací en la provincia de Voronezh, el año mil novecientos. Durante la guerra civil serví en el Ejército Rojo, en la división de Kikvidze. El veintidós, el año del hambre, me marché al Kuban, a trabajar como un burro para los *kulaks*; por eso escapé con vida. Pero el padre y la madre, con una hermanita mía, murieron de hambre. Quedé solo. Sin nadie en el mundo, sin un pariente. Pues bien, al cabo de un año volví del Kuban, vendí la pequeña jata y me fui a vivir a Voronezh. Al principio trabajé en un artel de carpinteros; luego pasé a una fábrica y aprendí el oficio de mecánico ajustador. Poco más tarde, me casé. Mi mujer se había criado en una casa de niños. Era huérfana. ¡Buena muchacha me tocó en suerte! Sumisa, alegre, complaciente y lista, ¡bien diferente de mí! Desde niña sabía lo que eran las penas, y quizás eso se reflejara en su carácter. Mirándola desde afuera, desde un lado, no era muy vistosa que digamos, pero yo no la miraba desde un lado, sino de frente. Y no había para mí en el mundo mujer más guapa y deseada que ella, ¡ni la habrá!

»Volvía uno del trabajo, cansado, y a veces con un humor de mil diablos. Pero ella no contestaba nunca con rudeza a las rudas palabras mías. Cariñosa, apacible, no sabía qué hacer conmigo y se desvivía, incluso cuando yo traía poco dinero a casa, para prepararme siempre un plato sabroso. La miraba uno y se le ablandaba el corazón, y, al cabo de un ratillo, la abrazaba y le decía: 'Perdona, querida Irina, he estado muy grosero contigo.

Pero, compréndelo, hoy no me ha ido bien el trabajo.' Y de nuevo reinaba entre nosotros la paz, y la tranquilidad volvía a mi alma. ¿Y tú sabes, hermano, lo que eso significaba para el trabajo? Por la mañana me levantaba como nuevo, iba a la fábrica, ¡y cualquier faena cundía, marchaba de primera en mis manos! Ya ves lo que es tener una mujer y compañera inteligente.

»En ocasiones, los días de cobro ocurría que me iba a beber con los amigos. A veces, también volvía a casa haciendo tantas eses, que seguramente daría miedo verme. La calle era estrecha para uno, sin hablar ya de los callejones. Yo era entonces un muchacho sano y fuerte como un toro; por mucho que bebiera, llegaba siempre por mi pie a casa. Mas, alguna vez que otra, también recorría el último trecho metiendo la primera, es decir, a cuatro patas; pero llegaba. Y de nuevo, ni un reproche, ni gritos ni escándalos. Mi Irina se limitaba a reírse unas miajas de mí, y eso con tiento, no fuera a ofenderme… Me desnudaba y me decía bajito: 'Acuéstate junto a la pared, Andriusha, no vayas a caerte, dormido, de la cama'. Bueno, y yo me derrumbaba como un fardo, y todo se balanceaba ante mis ojos. Solo, entre sueños, sentía que ella me pasaba suavemente la mano por los cabellos y susurraba algo con cariño; me acariciaba, por consiguiente…

»Por la mañana, me hacía levantarme dos horas antes de entrar al trabajo, para que me despabilase. Ella sabía que, después de la borrachera, yo no comería nada; por eso me traía un pepino en salmuera o alguna otra cosilla ligera y me llenaba de vodka un vaso de cristal tallado. 'Toma, Andriusha, para que se te quite la resaca, pero no debes beber más, querido.' ¿Acaso se podía no hacer honor a semejante confianza? Bebía, le daba las gracias sin palabras, con los ojos únicamente, la besaba y me iba al trabajo como un corderito. En cambio, si me hubiera dicho alguna palabra de más, si hubiera empezado a dar voces o a regañar, estando yo bajo los efectos del alcohol, ¡como hay Dios que me habría emborrachado también al segundo día! Así pasa en otras familias en que la mujer es tonta; yo he visto a imbéciles de esas, y lo sé bien.

»Pronto, empezaron a llegar los hijitos. Primero nació un niño; luego, dos niñas más... Y entonces me aparté de los compañeros. Llevaba a casa la paga íntegra, pues la familia era ya numerosa, y no era cosa de beber. Los domingos tomaba un bock de cerveza, y punto final.

»El año veintinueve empecé a cobrarle afición a los automóviles. Aprendí a conducir, y empuñé el volante de un camión. Luego, le tomé el gusto a aquello y no quise volver a la fábrica. Manejar el volante me parecía más distraído. Viví de esta manera diez años, sin darme cuenta de cómo pasaron. Se fueron como un sueño. ¿Qué son diez años? Pregúntale a cualquier hombre de edad si se ha enterado de cómo fue su vida, y te dirá que no se ha dado cuenta de nada. El pasado es igual que esa estepa lejana, envuelta en niebla. Por la mañana, iba yo por ella, y todo estaba claro en derredor; pero, después de andar veinte kilómetros, se cubre de niebla y ahora no se distingue desde aquí el bosque de la maleza, ni las tierras aradas de los campos segados.

»Trabajé durante esos diez años día y noche. Ganaba bastante, y no vivíamos peor que las demás gentes. Los chicos nos daban alegrías: los tres estudiaban con notas de sobresaliente, y el mayorcito, Anatoli, resultó tan capaz para las matemáticas que hasta llegaron a hablar de él en un periódico de Moscú. Yo mismo, hermano, no sé de quién le vendría tanto talento para esas ciencias. Pero aquello me halagaba mucho y estaba orgulloso de él, ¡muy orgulloso!

»En los diez años ahorramos algún dinerillo y, en vísperas de la guerra, nos hicimos una casita con dos habitaciones pequeñas, despensa y pasillo. Irina compró dos cabras. ¿Qué más necesitábamos? Los chicos comían gachas con leche, teníamos un hogar, estábamos vestidos y calzados; por consiguiente, todo marchaba bien. Solo que tuve poco acierto para construir la casa. Me dieron una parcela, de seiscientos metros cuadrados, no lejos de una fábrica de aviación. De haber hecho mi nido en otro sitio, tal vez hubiera sido otra mi suerte.

»Y de pronto, la guerra. Al segundo día recibí una citación para que me presentase en el centro de reclutamiento, y al tercer día, al tren militar. Fueron a despedirme a la estación los cuatro míos. Irina, Anatoli y mis hijas Nastienka y Oliushka. Todos los chicos se portaron como unos valientes. Claro que a mis hijas, no sin motivo, se le saltaron unas lagrimillas. A Anatoli solamente se le estremecían los hombros, como si tuviera frío, por aquel entonces ya había cumplido los dieciséis años, y a mi Irina... En los diecisiete años de matrimonio, nunca la había visto así. Toda la noche anterior estuvo mi camisa humedecida por sus lágrimas en el hombro y el pecho, y por la mañana, la misma historia... Llegaron a la estación, y yo, de la lástima que me daba mi mujer, no podía mirarla: tenía los labios hinchados de llanto, los cabellos asomaban revueltos bajo el pañuelo, y los ojos, turbios, como de loca. Los jefes dieron la orden de subir al tren, y ella se derrumbó sobre mi pecho mientras sus manos se aferraban a mi cuello; temblaba toda, como un árbol hendido por un hachazo... los chicos y yo tratábamos de consolarla, pero ¡de nada servía! Otras mujeres hablaban con sus maridos o con sus hijos, pero la mía estaba pegada a mí, como la hoja a la rama, y no hacía más que temblar toda ella sin poder articular palabra. Yo le dije: '¡Hay que ser fuertes, querida Irina! Dime aunque solo sea unas palabras de despedida.' Ella balbuceó, sollozando a cada palabra: 'Querido mío... Andriusha... no volveremos a vernos... más... en este... mundo...'

»A mí mismo se me desgarraba el corazón de la lástima que me daba de ella, y, por si no tenía bastante, me salía con aquellas palabras. Debía comprender que a mí tampoco me era fácil separarme de ellos, pues no iba a ninguna fiesta. ¡Y me llené de coraje! A la fuerza, retiré sus manos y le di un leve empujón en el hombro. Creí que la había empujado ligeramente, pero yo tenía entonces una fuerza tremenda; ella vaciló, retrocedió unos tres pasos y vino de nuevo hacia mí con pasitos cortos, tendiéndome las manos; yo le grité: '¿Es ese modo de despedirse de uno? ¿Por qué me entierras en vida antes de tiempo?' Pero la abracé otra vez, porque veía que estaba trastornada...»

Cortó bruscamente el relato, sin acabar la frase, y en el silencio que se hizo oí como un gorgoteo sordo en su garganta. Y me contagié de su emoción. Dirigí una oblicua mirada al narrador, pero no vi ni una lágrima en sus ojos secos, como de muerto. Estaba sentado, muy gacha la cabeza, inmóvil; únicamente sus grandes manos, que colgaban flácidas, se estremecían con leve temblor; le temblaba la barbilla, los finos labios...

—¡Cálmate, amigo, no recuerdes más! —le aconsejé quedo, pero él no debió de oír mis palabras; haciendo un supremo esfuerzo de voluntad, dominó su emoción y dijo de pronto con voz ronca que se quebraba de un modo extraño:

—Hasta el fin de mis días, hasta que me muera, ¡no me perdonaré nunca el haberla empujado aquel día!

Volvió a callar largo rato. Intentó liar un cigarro, pero se le rompió el papel de periódico, y el tabaco se esparció por sus rodillas. Al fin hizo como pudo un cucurucho, a guisa de pipa, dio con ansia varias chupadas y, luego de toser, continuó:

—Me desgajé de Irina, le cogí la cara con las manos, la besé, y sus labios estaban como el hielo. Me despedí de los chicos, corrí al vagón y salté al estribo, ya en marcha. El tren arrancaba despacio, despacio; tuve que pasar frente a los míos. Vi que mis hijitos, desvalidos, agrupados en apretado haz, agitaban las manecitas dándome su adiós, querían sonreír, pero no les salía la sonrisa. Irina se apretaba las manos contra el pecho; tenía los labios más blancos que el papel, murmuraba algo, me miraba sin pestañear y tendía todo el cuerpo adelante como si quisiera avanzar contra un viento recio… Así ha quedado en mi memoria, para toda la vida: las manos apretadas contra el pecho, los labios blancos, los ojos muy abiertos, anegados en lágrimas… La mayoría de las veces, siempre la veo así en sueños… ¿Por qué la empujaría entonces? Y hasta ahora, cuando lo recuerdo, es como si me partieran el corazón con un cuchillo romo…

»Organizaron nuestra unidad cerca de Bielaia Tserkov, en Ucrania. A mí me dieron un camión ZIS-5. Y en él marché al frente. Bueno, de la guerra no voy a contarle nada, porque tú mismo la viste y sabes cómo fue al principio. De los míos recibía carta con frecuencia; yo les mandaba unas líneas de tarde en tarde. A veces, escribía uno diciendo: 'Todo marcha bien, peleamos un poquillo y, aunque ahora retrocedemos, pronto reuniremos fuerzas y les daremos a los *fritz* para el pelo'. ¿Qué otra cosa se podía decir? Malos tiempos eran, no estábamos para escribir. Además, debo reconocer que yo mismo no era aficionado a tocar las cuerdas sensibles con quejas y no podía soportar a esos llorones que cada día, viniera o no a cuento, les escribían a sus mujeres y a sus adorados tormentos llenando el papel de mocos. 'Esto es duro —decían—, penoso; en cualquier momento te pueden matar.' Y esos maricas con pantalones se quejaban, buscaban compasión, babeaban, sin querer comprender que las pobres mujeres y niños de la retaguardia no lo pasaban mejor que nosotros. ¡Todo el estado se apoyaba en ellos! ¡Qué espaldas tenían que tener nuestras mujeres y nuestros hijos para no doblegarse bajo un peso tan grande! Y sin embargo, ¡no se doblegaron, resistieron! Y esos bribones, esos gallinas, escribían cartas lloronas que para las mujeres que trabajaban eran como un palo en los calcañales. Las desdichadas, después de recibir semejantes cartas, dejaban caer los brazos con desaliento y ya no podían con el trabajo. ¡No! Para eso eres hombre y soldado, para soportarlo todo, para aguantarlo todo si es preciso. Y si tienes más madera de mujer que de hombre, ponte un miriñaque para abultar tu flaco trasero, a fin de que, al menos por detrás, te parezcas a ellas, y vete a escardar remolacha o a ordeñar vacas, pues en el frente no se necesitan hombres como tú, ¡ya hay bastante pestilencia!

»Pero no tuve que combatir ni siquiera un año… En ese tiempo me hirieron dos veces, las dos levemente; una, en un brazo, sin tocarme el hueso; otra, en una pierna; la primera, de bala, desde un avión; la segunda, de un casco de metralla. Los alemanes me agujerearon el coche por arriba y por los lados, pero yo, hermano, en los primeros tiempos tuve suerte. Siguió la suerte hasta que vino la negra… Me hicieron prisionero cerca de Losovienki, en mayo del cuarenta y dos, en desgraciadas circunstancias: los alemanes atacaban entonces de firme, y una de nuestras baterías de obuses, de ciento veintidós milímetros, se quedó casi sin munición; abarrotaron mi camión de proyectiles, a más no poder, y yo mismo trabajé tanto en la carga, que tenía la guerrera pegada a la espalda de lo mucho que sudé. Había que darse gran prisa, porque el enemigo se acercaba: a la izquierda se oía el estruendo de sus tanques; a la derecha, fuerte tiroteo; delante, tiros también, y ya empezaba a oler a chamusquina…

»El jefe de nuestra compañía de transporte me preguntó: '¿Podrías pasar, Solokov?' Holgaba la pregunta. Allí mis camaradas quizás estuvieran cayendo, ¿cómo iba yo a andarme con remilgos? '¡Ni que decir tiene! —le contesté—. Debo pasar, ¡y asunto concluido!' 'Bueno —me dijo—, ¡embala! ¡Lánzate a todo gas!'

»Y me lancé a todo gas. ¡Nunca había corrido tanto como aquella vez! Sabía que no llevaba patatas y que con una carga semejante era preciso ir con precaución, pero ¿qué precaución cabía cuando los muchachos estaban peleando con las manos vacías y todo el camino, de punta a punta, estaba batido por el fuego de los cañones? Recorrí unos seis kilómetros; pronto debía tirar hacia un sendero para llegar al barranco donde estaba emplazada la batería, cuando miro y… ¡ay, madre santa! Por la derecha y por la izquierda venía, esparciéndose por el campo, nuestra infantería; las minas estallaban ya entre sus filas. ¿Qué hacer? ¿Dar la vuelta? ¡Pisé el acelerador a fondo! Hasta la batería no quedaba más que una insignificancia, cosa de un kilómetro; había ya virado hacia el sendero, pero no logré llegar hasta los nuestros, hermano… Por lo visto, un disparo de artillería pesada, de largo alcance, me lanzó fuera del camión. No oí siquiera el estampido, nada; solo sentí como si me estallase algo dentro de la cabeza; no recuerdo más. No sé cómo escapé con vida entonces ni cuánto tiempo estuve tirado en tierra, a unos ocho metros de la cuneta. Recobré el conocimiento, pero no podía levantarme: la cabeza me temblaba, y todo yo tiritaba como si tuviese mucha fiebre, se me nublaba la vista, en el hombro izquierdo algo crujía y chirriaba, y sentía un dolor tan grande por todo el cuerpo, que cualquiera diría que me habían estado dando palos dos días seguidos. Largo rato me arrastré por tierra; al fin, me levanté como pude. Pero de nuevo no comprendía nada: ni dónde estaba ni qué me había ocurrido. Había perdido la memoria por completo. Me daba miedo volverme a tumbar. Temía que, si me tumbaba, no volvería a levantarme más, moriría. Estaba en pie, tambaleándome como un álamo agitado por el vendaval.

»Cuando volví en mí y recobré el discernimiento, miré detenidamente alrededor, y sentí como si me retorciera el corazón con unas tenazas: por todas partes estaban tirados los proyectiles que yo traía: no lejos, hecho pedazos, se encontraba mi camión, volcado con las ruedas para arriba. ¿Qué era aquello?

»No hay por qué ocultarlo, las piernas se me doblaron solas y caí como derribado por un hachazo, pues me di cuenta de que estaba cercado, mejor dicho, de que era ya prisionero de los alemanes. Ya ves las cosas que ocurren en la guerra…

»¡Ay hermano, qué doloroso es darse cuenta de que, en contra de tu voluntad, te encuentras prisionero! A quien no haya pasado por ese trance no es posible llegarle al alma, hacerle comprender como es debido lo que eso significa.

»Pues bien, yacía en tierra, cuando oigo estruendo de tanques. Cuatro tanques alemanes, medianos, corrían a toda marcha frente a mí, en dirección al lugar de donde yo había salido con las municiones... ¿Cómo soportar aquel dolor? Luego, pasaron unos tractores arrastrando unos cañones, una cocina de campaña, y después, la infantería, poco, no más de una compañía diezmada. Los estuve mirando de refilón y apreté de nuevo la cara contra la tierra y cerré los ojos: dolía verlos, y el corazón dolía también...

»Creí que habían pasado todos, alcé un poco la cabeza y vi a seis soldados, con fusil ametrallador, que caminaban a unos cien metros. De pronto, dejaron el camino y se dirigieron derechos hacia mí. Venían en silencio. 'Bueno —pensé— me ha llegado la hora.' Me senté, pues no quería morir echado; luego, me puse en pie. Uno de los soldados se detuvo a unos pasos, meneó bruscamente el hombro y se descolgó el fusil ametrallador. ¡Qué curioso es el carácter del hombre...! En aquel momento no sentía el menor pánico ni se me encogió el corazón. No hacía más que mirarlos y pensar: 'Ahora me soltará una ráfaga corta, pero, ¿dónde me disparará: en la cabeza o cruzándome el pecho? ¡Como si a mí no me diera lo mismo que me acribillase una parte u otra!

»Era un mozo negrete, de buena presencia, con los labios finos como hilos y los ojos entornados. 'Este me mata y se quedará tan fresco', deduje. Y en efecto: me apuntó con el fusil ametrallador; yo lo miré de frente, a la cara, sin decir palabra, pero otro —un cabo o algo así, de más edad, puede decirse que ya entrado en años— gritó algo, lo apartó de un empujón, se acercó a mí, farfulló no sé qué en su lengua y me dobló el brazo derecho, para palparme el músculo, por consiguiente. Hecha la comprobación exclamó: '¡Ohh!' y señaló hacia el camino, en dirección a donde se ponía el sol. 'Arre, bestia de carga, trabaja para nuestro Reich.' ¡Resultó que era un amo, el hijo de perra!

»Pero el negrete había echado el ojo a mis botas altas, que tenían buena vista, y me dijo señalando con el dedo: '¡Quítatelas!' Yo me senté en el suelo, me las quité y se las ofrecí. Él me las arrebató de las manos. Me desenrollé los peales y se los tendí también, mirándolo de abajo arriba. Pero él empezó a dar voces, a soltar tacos en su lengua, y empuñó de nuevo el fusil ametrallador. Los demás reían a carcajadas, como si relinchasen. Y así se fueron, por las buenas. Solo el negrete, antes de llegar al camino, volvió dos o tres veces la cabeza mirándome con ojos centelleantes, de lobezno; estaba furioso, pero ¿por qué? Cualquiera diría que le había quitado yo las botas, en lugar de él a mí.

»¿Y qué iba a hacer yo, hermano? No había más remedio. Salí al camino, jurando como un carretero, con escogidos ajos de la región de Voronezh, y eché a andar hacia el oeste, ¡hacia el cautiverio…! Pero mi andadura era entonces flojilla, un kilómetro por hora, no más… Quería uno ir adelante, y daba bandazos de un lado para otro, haciendo eses como un borracho. Anduve un trecho y me dio alcance una columna de prisioneros; gente nuestra, de la división mía. Los conducían diez soldados alemanes con fusil ametrallador. El que iba al frente de la columna, al llegar a mi altura, sin decir una mala palabra, me golpeó en la cabeza, de un revés, con la culata del fusil. Si hubiera caído me habría cosido a la tierra con una ráfaga, pero los nuestros me cogieron antes de que cayera, me empujaron al centro y me llevaron, sujetándome de los brazos, durante media hora. Y cuando recobré el sentido, oí que uno de ellos me susurraba: '¡Líbrete Dios de caer! Camina aunque sea con tus últimas fuerzas; si no, te matarán.' Y yo, con mis últimas fuerzas, caminé.

»En cuanto el sol se hubo ocultado, los alemanes reforzaron la escolta; en un camión, trajeron unos veinte soldados más con fusil ametrallador; nos arrearon a paso ligero. Los heridos graves no podían seguir a los demás, y los mataban a tiros en la misma carretera. Dos intentaron huir, sin tener en cuenta que en una noche de luna, en campo raso, se le ve a uno divinamente, y claro, los mataron también. A medianoche llegamos a un pueblo medio quemado. Nos encerraron en una iglesia con la cúpula destrozada, para pernoctar allí. En el suelo de losas no había ni un puñado de paja, y todos íbamos sin capote, a cuerpo gentil, de modo que no teníamos nada con que hacer un lecho. Algunos ni siquiera llevaban guerrera, solo la camisa de lienzo. En su mayoría eran oficiales de poca graduación. Se habían quitado las guerreras y chaquetas de uniforme para que no se les distinguiera de los soldados rasos. Los habían hecho prisioneros cuando estaban casi desnudos, en su faena, y así continuaban.

»Por la noche cayó una lluvia tan torrencial, que todos nos calamos hasta los huesos. La cúpula se la había llevado algún proyectil pesado o alguna bomba de avión y toda la techumbre estaba hecha una criba a causa de la metralla; no había un sitio seco ni siquiera en el altar. Así pasamos la noche entera, como ovejas en un redil oscuro. Mediada la noche, noto que alguien me toca el brazo y me pregunta: 'Camarada, ¿no estás herido?' '¿Y a ti qué te importa, hermano?', le contesto. Y él me dice: 'Soy médico militar, tal vez pueda prestarte alguna ayuda'. Yo me quejé de que el hombro izquierdo me crujía, se me había hinchado y me dolía terriblemente. Él dijo con firmeza: 'Quítate la guerrera y la camisa'. Me quité todo aquello y él empezó a palparme el hombro aferrándose a él con sus dedos finos, de un modo que me hizo ver las estrellas. Rechinaron mis dientes y le dije: 'Tú debes ser veterinario; y no médico de personas. ¿Por qué me aprietas así en el sitio dolorido?, ¿es que no tienes entrañas?' Pero él seguía palpando y me contestaba maligno: '¡Tu obligación es callar! Vaya un charlatán que me has salido. Aguanta, que ahora te dolerá aún más'. Y cuando me tiró el brazo vi unas chispas rojas que saltaban de mis ojos.

»Me repuse un poco y le pregunté: '¿Qué estás haciendo, fascista desgraciado? Tengo el brazo hecho cisco, y tú me das esos tirones'. Oigo que se ríe por lo bajo y me dice: 'Creí que me ibas a golpear con la derecha, pero resulta que eres un muchacho pacífico. No tienes el brazo roto, sino dislocado, ya te he puesto el hueso en su sitio. Bueno, ¿qué tal ahora, sientes alivio?' Y en realidad notaba que el dolor iba desapareciendo. Le di las gracias, de corazón, y él siguió adelante en la oscuridad, preguntado bajito: '¿Hay algún herido?' ¡Ya ves lo que es un verdadero doctor! Hasta en el cautiverio y en las tinieblas cumple su gran misión.

»Intranquila fue la noche aquella. No se permitía salir a hacer aguas; así nos lo había advertido el jefe de la escolta cuando nos metían por parejas en la iglesia. Y, como por castigo, a uno de los nuestros, un beato, le entraron muchas ganas de hacer una necesidad. Estuvo aguantando y aguantando hasta que empezó a lloriquear: '¡No puedo —decía— profanar un lugar sagrado! ¡Yo soy creyente, yo soy cristiano! ¿Qué hago, hermanos míos?' Y los nuestros, ¡ya sabes tú como son! Unos se reían, otros soltaban ternos, los de más allá le daban toda clase de graciosos consejos. Nos alegró a todos el beato, pero aquel barullo acabó de muy mala manera: el del apretón empezó a aporrear la puerta y a pedir que lo dejasen salir. Bueno, y contestaron a su petición: un fascista disparó una larga ráfaga a través de la puerta, a todo lo ancho, y mató al beato aquel y a tres hombres más; otro fue gravemente herido y murió al amanecer.

»Pusimos a los muertos en un sitio aparte, nos sentamos todos y quedamos en silencio, pensativos: el principio no era muy alegre... Poco después, empezamos a hablar a media voz, a cuchichear: de dónde era cada uno, de qué distrito, cómo lo habían hecho prisionero; en la oscuridad, los camaradas de una misma sección o los conocidos de una misma compañía se perdían, y empezaban a llamarse unos a otros, en voz baja. Junto a mí, oí esta queda conversación. Uno decía: 'Si mañana, antes de llevarnos más lejos, nos forman y preguntan por los comisarios, los comunistas y los hebreos, tú, jefe de la sección, no te escondas... No conseguirás nada con ello. ¿Te figuras que, porque te has quitado la guerrera, vas a pasar por un soldado raso? ¡No, eso no cuela! Yo no estoy dispuesto a responder por ti. ¡Seré el primero en señalarte! Yo sé que eres comunista y que me hiciste propaganda para que ingresase en el partido, ¡pues responde ahora de tus actos!' Esto lo decía uno que estaba sentado, cerca, junto a mí, y al otro lado de él una voz joven le contestó: 'Siempre sospechaba que tú, Krizhnev, eras una mala persona. Sobre todo cuando te negaste a ingresar en el partido, alegando tu poca instrucción. Pero nunca creí que pudieses llegar a ser un traidor. Pues tú has terminado la escuela secundaria, ¿verdad?' El interpelado respondió con desgana a su jefe de sección: 'Bueno, la terminé, ¿y eso qué tiene que ver?' Estuvieron callados largo rato; luego, el jefe de la sección —lo reconocí por la voz—, dijo bajito: 'No me delates, camarada Krizhnev.' Y este repuso soltando una maligna risita: 'Los camaradas se han quedado al otro lado del frente, yo no soy camarada tuyo; no me vengas con ruegos, porque de todos modos te señalaré. Cada uno cuida de su pellejo'.

»Callaron los dos; y yo sentí un escalofrío ante aquella ruindad. '¡No —pensé—, no te permitiré, hijo de perra, que delates a tu jefe! No saldrás vivo de esta iglesia, te sacarán de los pies, ¡como una res muerta!' Empezaba a clarear un poco y vi que, junto a mí, estaba tumbando boca arriba un mocetón de cara grande, con las manos cruzadas bajo la nuca, y cerca de él, sentado, abarcándose las rodillas con los brazos, había un muchachito en mangas de camisa, delgaducho, chatillo y muy pálido. 'Desde luego —pensé—, ese muchachito no podrá con un caballo castrado tan gordo. Tendré yo que despacharlo'.

»Toqué al jovencillo en el brazo y le pregunté en un susurro: '¿Tú eres jefe de sección?' Él se limitó a asentir la cabeza. '¿Ese te quiere delatar?', le pregunté, señalando al mocetón que estaba tumbado. Volvió a inclinar la cabeza, confirmando. 'Bueno —le dije—, ¡sujétalo por las patas para que no cocee! ¡Venga, vivo!', y caí sobre el mocetón y le atenacé el gañote con los dedos. No tuvo tiempo ni de lanzar un grito. Lo sujeté debajo de mí un rato y me incorporé. Ya estaba liquidado el traidor, ¡y con la lengua fuera, colgando a un lado!

»Después de aquello, sentía una desazón muy grande y un deseo terrible de lavarme las manos, como si, en vez de a un hombre, hubiese estrangulado a un reptil repugnante… Era la primera vez que mataba en mi vida, y además a uno de los nuestros… Aunque, ¡qué iba a ser de los nuestros! Era peor que un extraño, un traidor. Me levanté y le dije al jefe de la sección: 'Vámonos de aquí, camarada, la iglesia es grande'.

»Como había dicho el Krizhnev aquel, por la mañana nos formaron a todos, junto a la iglesia, nos cercaron con un cordón de soldados con fusil ametrallador, y tres oficiales de los S.S. empezaron a seleccionar a la gente más peligrosa para ellos. Preguntaron quiénes eran comunistas, jefes de unidad o comisarios, pero no apareció ninguno. Como no apareció tampoco ni un solo canalla que delatase, porque entre nosotros eran comunistas casi la mitad y había jefes de unidad y, ni qué decir tiene, también comisarios. Solo sacaron cuatro, entre doscientos hombres y pico. Uno hebreo y tres rusos, soldados rasos. Los rusos cayeron en desgracia porque los tres era morenos y tenían el pelo rizoso. Se acercaban a uno de éstos y le preguntaban: '¿Judío?' Él decía que era ruso, pero no querían ni escucharlo. 'Sal, y se acabó'.

»Fusilaron a aquellos pobretes y a nosotros nos llevaron más adelante. El jefe de sección que había estrangulado conmigo al traidor se mantuvo a mi lado hasta el mismo Poznan; el primer día me estrechaba la mano de cuando en cuando, sobre la marcha. En Poznan nos separaron por la razón que voy a contarte. Es el caso, hermano, que desde el primer día venía yo pensando en marcharme con los nuestros. Pero quería escaparme con seguridad de éxito. Hasta el mismo Poznan, donde nos metieron en un verdadero campo de prisioneros, no se me había presentado ni una sola vez una ocasión favorable. Y en el campo de Poznan pareció presentarse: a fines de mayo, nos mandaron a un bosquecillo cercano al campo a cavar una fosa para unos prisioneros, compañeros nuestros, que habían muerto; en aquel tiempo muchos de nuestros hermanos morían de disentería; estaba yo cavando la arcilla de Poznan, y mirando de cuando en cuando alrededor, y de pronto observé que dos de los guardianes se habían sentado a tomar un bocado y el tercero dormitaba al solecillo. Tiré la pala y, sin hacer ruido, me escondí detrás de un matorral... Luego eché a correr, todo derecho, en dirección adonde salía el sol...

»Por los visto, mis guardianes tardaron en darse cuanta. Pero, ¿de dónde sacaría yo, estando tan extenuado como estaba, fuerzas para recorrer casi cuarenta kilómetros en un día? Yo mismo no lo sé. Sin embargo, de mis ilusiones no resultó nada: al cuarto día, cuando ya estaba lejos del maldito campo, me atraparon. Unos perros policías me siguieron la pista y me encontraron en un campo de avena sin segar.

»Al amanecer, me había dado miedo de seguir caminando a campo raso, y como hasta el bosque quedaban no menos de tres kilómetros, me tumbé entre la avena para descansar durante el día. Estrujé unos granos con las palmas, comí un poco y me llené los bolsillos de reservas. De pronto oigo unos ladridos y el traqueteo de una moto... Se me desgarró el corazón, porque los perros ladraban cada vez más cerca. Me tendí, pegándome al terreno, y me tapé la cara con las manos para que al menos no me mordieran en ella. Bueno, llegaron corriendo y me arrancaron en un instante todos los harapos del cuerpo, dejándome como me parió mi madre. Estuvieron rodándome por la avena todo el tiempo que les dio la gana y, por último, un perro me puso las patas delanteras en el pecho y enfiló el hocico hacia mi garganta, pero por el momento no me tocó.

»Llegaron unos alemanes en dos motocicletas. Primero me golpearon cuanto se les antojó; luego, azuzaron contra mí los perros; la piel y la carne saltaban de mi cuerpo a pedazos. Desnudo, bañado en sangre, me llevaron al campo de prisioneros. Me pasé un mes metido en el calabozo, por el intento de fuga; pero, a pesar de todo, salí del trance con vida... ¡con vida!

»Doloroso es, hermano, recordar, y más aún referir lo que hubo que pasar en el cautiverio. Cuando recuerda uno los tormentos inhumanos que tuvimos que soportar allí, en Alemania, y a todos los amigos y camaradas que perecieron martirizados en aquellos campos de concentración, el corazón se sube a la garganta y cuesta trabajo respirar.

»¡Adónde no me llevarían en los dos años de cautiverio! Recorrí media Alemania en este tiempo; estuve en Sajonia, trabajando en una fábrica de silicatos; en la región del Ruhr, picando carbón en una mina; en Baviera, echando joroba en trabajos de excavación, y en Turingia también... ¡Por qué lugares de la tierra alemana no caminaría yo! Ni el diablo lo sabe. La naturaleza, hermano, es allí distinta en todas partes, pero en todas partes nos ametrallaban y pegaban igual. Y pegaban los miserables parásitos, malditos de Dios, como nunca se ha pegado en nuestra tierra ni a las bestias. Nos daban puñetazos, nos pateaban, nos golpeaban con porras de goma, con los hierros de toda clase que encontraban a mano, sin hablar ya de las culatadas de los fusiles y otros maderos.

»Te golpeaban porque eras ruso, porque aún vivías en el mundo, porque trabajabas para ellos, para los muy canallas. Te pegaban porque no mirabas, porque no andabas, porque no te volvías como a ellos les gustaba… Pegaban sencillamente para matarte alguna vez, para que te atragantases con tu última bocanada de sangre y reventaras de las palizas. Por lo visto, no había para nosotros en Alemania bastantes hornos crematorios…

»Y nos daban de comer lo mismo en todas partes: ciento cincuenta gramos de algo parecido a pan, mitad aserrín, y una sopa clara de nabos. Agua hervida daban en algunas partes; en otras, no. En fin, ¡qué te voy a decir! Imagínate: antes de la guerra pesaba yo ochenta y seis kilos, y para el otoño no me quedaban más que cincuenta. Estaba en los puros huesos, e incluso los huesos ya no tenía fuerza para arrastrarlos. Y venga trabajo, y no rechistes; además, un trabajo que un caballo de carga no habría podido con él.

»A primeros de septiembre, nos trasladaron a ciento cuarenta y dos prisioneros soviéticos desde un campo cerca de la ciudad de Küstrin al campo B-14, no lejos de Dresde. Por aquel tiempo había allí alrededor de dos mil de los nuestros. Todos trabajaban en una cantera; a mano, extraían, picaban y machacaban piedra alemana. La norma era de cuatro metros cúbicos diarios por alma, advirtiéndote que aquella gente apenas tenía ya sujeta el alma al cuerpo con un hilo muy fino. Y empezó la cosa: al cabo de dos meses, de ciento cuarenta y dos hombres que éramos en nuestra expedición, solo quedábamos cincuenta y siete. ¿Qué te parece, hermano? Mal asunto, ¿verdad? No dábamos abasto a enterrar a los nuestros y además circulaban por el campo rumores de que los alemanes habían tomado Stalingrado y seguían avanzando hacia Siberia. Una pena tras otra, y te encorvaban de tal manera, que no alzabas los ojos de la tierra alemana, de aquella tierra extraña, como si le pidieras que a ti también te recogiese en su seno. Entretanto, los de la guardia del campo bebían todos los días, berreaban canciones, estaban muy contentos, locos de júbilo.

»Un anochecer volvimos al barracón después de trabajo. Había estado lloviendo todo el día. Teníamos los harapos chorreando; tiritábamos todos como perros, al viento frío, dando diente con diente. Y no había dónde secarse, ni dónde calentarse un poco; por añadidura, traíamos un hambre tremenda, más que tremenda, espantosa. Pero por las noches no nos correspondía comer.

»Me quité los empapados andrajos, me tumbé en el camastro de madera y dije: 'Ellos necesitan que les demos cuatro metros cúbicos, por cabeza, pero a cada uno de nosotros le basta y le sobra con un metro cúbico, para su sepultura'. No dije más, pero no faltó entre los nuestros un canalla que fuese a contarle al comandante del campo mis amargas palabras.

»El comandante del campo —el *lagerführer* en su lengua— era un alemán llamado Müller, macizo, de mediana estatura, albino y todo él como blancuzco: los cabellos, las cejas, las pestañas, incluso los ojos, eran blanquecinos, saltones. Hablaba el ruso como tú y yo, y además recargando el acento en la 'o'; alegaba que era oriundo de la región del Volga. Y en lo de soltar ajos, tacos y ternos era un verdadero maestro. ¿Dónde habría aprendido aquel maldito el oficio? A veces, nos formaba ante el *block* —como llamaban ellos al barrancón—, pasaba frente a la formación, acompañado de su jauría de los S.S. y con el brazo derecho extendido. Llevaba la mano enfundada en un guante de cuero, y en el guante una manopla de plomo, para no lastimarse los dedos. Al pasar daba un puñetazo en las narices a uno sí y otro no, haciendo echar sangre. A eso le llamaba él 'profiláctica contra la gripe'. Y así todos los días.

En el campo había cuatro blocks en total; tal como hoy, hacía la 'profiláctica' del primero; mañana, del segundo, y así sucesivamente. Puntual era el miserable, trabajaba incluso los días festivos. Pero había una cosa que el imbécil no podía comprender: antes de ponerse a sacudir, el tipo, para enardecerse, estaba unos diez minutos blasfemando delante de la formación; insultaba en vano, porque a nosotros aquello nos producía alivio, pues tales palabras, de nuestra lengua materna, eran como una brisa acariciadora que viniese de la tierra natal... Si hubiera sabido que sus insultos solo nos producían placer, no habría blasfemado en ruso, sino en su idioma. Solo un amigo mío, un moscovita, se enfadaba terriblemente. 'Cuando suelta esas palabrotas —decía—, cierro los ojos y me parece que estoy en Moscú, en Satsiep, sentado en una cervecería, y me entran unas ganas tan grandes de beber cerveza, que la cabeza se me va...'

»Pues bien, ese mismo comandante, al día siguiente de haber dicho yo lo del metro cúbico, me llamó a su despacho. Al anochecer vino el intérprete al barrancón, acompañado de dos guardianes. '¿Quién es Andrei Solokov?' Dije que era yo. 'Ven con nosotros, te llama el propio herr lagerführer en persona'. Estaba claro para qué me llamaba. Para liquidarme. Me despedí de los camaradas, todos sabían que iba a la muerte, di un suspiro y me fui. Caminaba ya por el patio del campo de concentración, miraba a las estrellas, me despedía de ellas y pensaba: 'Bueno, se acabaron tus tormentos, Andrei Solokov, número trescientos treinta y uno en este campo'. Me dio pena de Irina, de los hijitos, pero luego aquella pena fue calmándose y empecé a armarme de valor para mirar impávido al cañón de la pistola, como corresponde a un soldado, para que los enemigos no vieran en mi último instante que, a pesar de todo, me costaba trabajo desprenderme de la vida...

»En la comandancia había tiestos de flores en los alféizares de las ventanas; estaba todo limpio, como en un buen club nuestro. Sentados a la mesa estaban todos los jefes del campo; eran cinco, bebían shnapps; comían tocino como entremés. Sobre la mesa había un panzudo botellón de shnapps, pan, tocino, manzanas en adobo, botes abiertos de conservas de diferentes clases. Eché a todos aquellos manjares una rápida ojeada y, no lo querrás creer, pero me entró una desazón tan grande, que estuve a punto de vomitar. Tenía hambre de lobo, había perdido la costumbre de comer lo que comen las personas, y de pronto aparecía toda aquella bendición delante de mí... Como pude dominé las náuseas, pero hube de hacer un enorme esfuerzo para apartar los ojos de la mesa.

»Frente a mí estaba sentado Müller, medio borracho; jugueteaba con la pistola, tirándosela de una mano a otra, y me miraba sin pestañear, como

una serpiente. Bueno, yo me puse firme, di un ta-
conazo e informé en voz alta: 'El prisionero Andrei Solokov se presenta por orden de usted, herr
kommandant'. Él me preguntó: '¿De modo, russ
Iván, que cuatro metros cúbicos de norma de trabajo es mucho?' 'Exacto —le respondí—, herr kommandant, es mucho'. '¿Y con uno tienes bastante
para tu sepultura?' 'Exacto, herr kommandant, con
uno me basta y hasta me sobra'.

»Se levantó y dijo: 'Voy a hacerte un gran honor,
ahora te mataré personalmente por esas palabras.
Aquí no estaría bien, vamos al patio y allí te daré
el pasaporte'. 'Como usted quiera', le repuse. Se levantó y quedó un momento pensativo; luego, tiró
la pistola sobre la mesa, llenó de shnapps un vaso,
tomó una rebanada de pan, le puso encima una
loncha de tocino y me tendió todo aquello al tiempo que decía: 'Bebe, russ Iván, antes de morir, por
la victoria de las armas alemanas'.

»Yo cogí de sus manos el vaso y la tapa, pero en
cuanto oí aquellas palabras, ¡me pareció que me
quemaban como un hierro candente! Y pensé: 'Yo,
un soldado ruso, ¿voy a beber por la victoria de las
armas alemanas? ¿Y no quieres alguna otra cosa
más, herr kommandant? De todos modos, voy a morir, por lo tanto, ¡vete a hacer puñetas con tu vodka!'

»Dejé sobre la mesa el vaso, puse allí también
el bocadillo y dije: 'Les agradezco su invitación,
pero yo no bebo'. Él sonrió: '¿No quieres beber por

nuestra victoria? En este caso, bebe por tu muerte'. ¿Qué tenía yo que perder? 'Por mi muerte y la liberación de mis sufrimientos, beberé', repuse. Dicho esto, cogí el vaso y, de dos tragos me lo eché al coleto, pero no toqué el bocadillo; cortésmente, me limpié los labios con la palma de la mano y dije: 'Le agradezco la fineza. Estoy a su disposición, herr kommandant, vamos, deme usted el pasaporte'.

»Pero él se me quedó mirando con atención y dijo: 'Toma siquiera un bocado antes de la muerte'. Yo le contesté: 'Después del primer vaso, nunca como'. Me sirvió el segundo y me lo dio. Me bebí también el segundo, pero, de nuevo, no toqué el bocadillo; empinaba el codo para tomar valor, pensando: 'Al menos me emborracharé antes de salir al patio a despedirme de la vida'. El comandante, enarcando mucho las cejas blanquecidas, me preguntó: '¿Por qué no comes, russ Iván? ¡No te dé vergüenza!' Y yo le repliqué: 'Perdóneme usted, herr kommandant, pero, después del segundo vaso, tampoco acostumbro comer'. Infló los carrillos, dio un resoplido, soltó la carcajada y, entre risas, dijo rápidamente algo en alemán; por lo visto, estaba traduciendo mis palabras a sus amigos. Éstos también se echaron a reír, corrieron las sillas y volvieron sus carotas hacia mí; entonces observé que me miraban ya de otra manera, como más suavemente.

»Me sirvió el comandante el tercer vaso, y su mano temblequeaba de la risa. Me lo bebí despacio, comí un pedacito de pan y dejé el resto sobre la mesa. Quería demostrarles a los malditos que, aunque no podía tenerme en pie, de hambre, no me disponía a atragantarme con su limosna, que tenía mi dignidad y mi orgullo rusos y que, por mucho que habían hecho, no habían conseguido convertirme en una bestia.

»Después de aquello, el comandante puso una cara seria, se enderezó sobre el pecho las dos cruces de hierro, se levantó de la mesa, sin armas, y dijo: 'Mira, Solokov, tú eres un verdadero soldado ruso. Un soldado valiente. Yo también soy un soldado y respecto la dignidad de los enemigos. No te mataré. Además, hoy nuestras gloriosas tropas han llegado al Volga y conquistado por completo a la ciudad de Stalingrado. Esto es para nosotros una gran alegría; por ello, te concedo magnánima-mente la vida. Vete a tu block, y toma esto, por tu valentía', y cogiendo de la mesa un pan no muy grande y un trozo de tocino, me lo dio.

»Yo apreté el pan contra el pecho, con todas mis fuerzas, tenía el tocino en la mano izquierda y era tan grande mi desconcierto ante aquel cambio inesperado, que ni siquiera di las gracias; giré sobre los talones, hacia la izquierda, y me dirigí hacia la salida, pensando: 'Ahora me meterá una bala entre las dos paletillas y yo no podré llevarles a los muchachos estos víveres.' Pero no, escapé felizmente. También esta vez pasó la muerte de largo, junto a mí, y solo sentí su frío aliento…

»Salí de la comandancia con paso firme, pero en el patio empecé a dar bandazos. Irrumpí en la barranca y me derrumbé sobre el piso de cemento. Me despertaron los nuestros antes del amanecer: '¡Cuéntanos!' Bueno, y yo recordé todo lo que había pasado en la comandancia; se lo referí. '¿Cómo vamos a repartir los víveres?', me preguntó mi compañero de camastro, y la voz le temblaba. 'A todos por igual', contesté yo. Esperamos a que amaneciera. Cortamos el pan y el tocino, midiéndolo rigurosamente con una cuerda, en porciones idénticas. A cada uno le correspondió un pedazo de pan del tamaño de una caja de cerillas, calculando hasta las migajas, y en cuanto al tocino, bueno, ya te puedes figurar, lo suficiente para untarse los labios. Sin embargo, lo repartimos todo sin que nadie se ofendiera.

»Pronto nos mandaron, a unos trescientos hombres de los más fuertes, a desecar un pantano; luego, a la región de Ruhr, a las minas. Allí me pasé hasta el año cuarenta y cuatro. Por aquel tiempo los nuestros ya le habían desencajado las mandíbulas a Alemania, y los fascistas dejaron de hacerles ascos a los prisioneros. Una vez nos formaron, a todo el relevo del día, y un oberleuntnant recién llegado dijo, a través del intérprete: 'El que haya servido de chofer en el ejército, o haya trabajado en esta profesión antes de la guerra, que dé un paso al frente'. Avanzamos siete hombres, antiguos choferes. Nos entregaron ropa de trabajo usada y nos llevaron custodiados a la ciudad de Potsdam. Llegamos allí, y a cada uno lo enviaron a un sitio diferente. A mí me pusieron a trabajar en la 'Todte'; había en Alemania una compañía que se dedicaba a la construcción de carreteras y a obras de defensa.

»Yo conducía el Oppel-Admiral de un ingeniero alemán que tenía el grado de comandante del ejercito. ¡Qué gordiflón era el fascista aquel! Pequeño, barrigudo, tan ancho como largo y un culón como una mujer de buenas carnes. Por delante, sobre el cuello de la guerrera, le asomaban tres papadas colgantes, y detrás, en el cogote, le sobresalían tres grandes pliegues. Yo calculaba que tendría no menos de tres puds de grasa pura. Al andar, resoplaba como una locomotora, y cuando se sentaba a la mesa, ¡tragaba que era un espanto! A veces se pasaba el día entero dándoles trabajo a las muelas y tientos a la cantimplora de coñac. Alguna vez que otra a mí también me tocaba algo: nos parábamos en la carretera, él cortaba unas rodajas de salchichón y de queso, tomaba un bocado y echaba un trago; cuando estaba de buenas, me tiraba una tajada, como a un perro. Nunca me daba nada en la mano, pues lo consideraba una humillación para él. Pero, aun con todo, no era el campo de concentración; el caso es que, poco a poco, yo iba pareciéndome a un hombre, y, aunque despacito, empecé a reponerme.

»Durante un par de semanas estuve llevando a mi comandante de Potsdam a Berlín y viceversa; luego, lo mandaron a una zona cercana al frente a construir unas líneas de defensa contra nosotros. Y allí perdí el sueño por completo: me pasaba las noches en vela pensando en cómo fugarme y volver con los míos, a la patria.

»Llegamos a la ciudad de Polotsk. Al amanecer oí, por primera vez en dos años, el estruendo de nuestra artillería, ¿y sabes, hermano, cómo empezó a latirme el corazón? ¡Ni de mozo, cuando iba a ver a Irina, me latía con tanta fuerza! Los combates se desarrollaban al este de Polotsk, a unos dieciocho kilómetros. En la ciudad, los alemanes empezaron a enfurecerse, a ponerse nerviosos; mi gordiflón se emborrachaba cada vez con más frecuencia. Por el día íbamos al campo, y él disponía cómo tenían que hacerse las fortificaciones; por la noche la agarraba a solas. Estaba todo hinchado, unas bolsas colgaban fláccidas, bajo sus ojos...

»'Bueno —me dije—, no hay por qué esperar más, ¡ha llegado la hora! Y no debo fugarme yo solo, tengo que llevarme conmigo a mi gordiflón, ¡le servirá a los nuestros!'

»Encontré entre unas ruinas una pesa de dos kilos, la envolví en un trapo para que, si había que golpear, no brotara sangre, cogí en la carretera un trozo de hilo telefónico, todo cuanto necesitaba, lo preparé cuidadosamente y lo guardé bajo el asiento delantero. Dos días antes de despedirme de los alemanes, iba por la noche a repostar, cuando veo que por el barro camina un suboficial borracho, agarrándose a las paredes. Paré el coche, llevé al suboficial a unas ruinas, le quité el uniforme y el gorro. Todos aquellos bienes los metí también bajo el asiento, y ¡adivina quién te dio!

»El veintinueve de junio por la mañana me ordenó mi comandante que lo llevase fuera de la ciudad, hacia Trosnitsa, donde él dirigía unas obras de fortificación. Partimos. El comandante, acomodado en el asiento de atrás, dormitaba plácidamente, y el corazón parecía querer saltárseme del pecho. Iba de prisa, pero ya en el campo aminoré la marcha; luego, detuve el coche, bajé, volví la cabeza: allá lejos venían dos camiones. Saqué la pesa, abrí bien la portezuela. El gordiflón, recostado en el respaldo del asiento, roncaba como si estuviera junto al costado de su mujer. Bueno, y yo le di un golpe con la pesa en la sien izquierda. Él dejó caer la cabeza. A decir verdad, lo golpeé otra vez, pero no quise matarlo. Necesitaba llevarlo vivo, pues debía contarles muchas cosas a los nuestros. Le saqué de la funda la pistola, me la metí en el bolsillo, hinqué una palanca tras el respaldo del asiento de atrás, enrollé al cuello del comandante el hilo telefónico y lo até con un nudo corredizo a la palanca. Aquello lo hice para que el gordiflón no se derrumbase de medio lado cuando el coche fuera a mucha velocidad. De prisa me embutí en el uniforme alemán y me puse el gorro; bueno, y embalé el coche para ir derecho hacia donde la tierra retemblaba y se desarrollaban los combates.

»Crucé la línea avanzada alemana entre dos fortines. De un blindado saltaron dos soldados con fusiles automáticos, y yo, adrede, aminoré la marcha para que vieran que iba un comandante en el auto. Pero ellos empezaron a dar voces y agitar las manos indicando que hacia allí no se podía ir; yo hice como que no comprendía, pisé el acelerador y escapé a ochenta por hora. Cuando quisieron recobrarse de la sorpresa y comenzaron a disparar con las ametralladoras, yo me encontraba ya en terreno de nadie y zigzagueada entre los embudos abiertos por las bombas, no peor que una liebre.

»Desde atrás los alemanes zumbaban, y desde delante los míos disparaban como locos recibiéndome con el tableteo de sus fusiles ametralladores. Agujerearon el parabrisas por cuatro sitios, el radiador lo acribillaron a balazos… Pero ya estaba en un bosquecillo, más arriba de un lago; los nuestros corrían hacia el auto, y yo me metí a toda marcha en el bosquecillo, abrí la portezuela, caí sobre la tierra, la besé, y no podía respirar…

»Un mozuelo, con unas hombreras en la guerrera que yo no había visto en la vida, fue el primero en llegar hasta mí y me dijo riendo burlón: '¡Ah, fritz del diablo! Conque te has perdido, ¿eh?' Me arranqué el uniforme alemán, tire a mis pies el gorro y le repuse: '¡Ay tonto, alma mía! ¡Hijito querido! ¡Yo qué voy a ser un fritz, cuando he nacido en el mismo Voronezh! Estaba prisionero, ¿te enteras? Y ahora descarguen a ese marrano que traigo en el coche, cójanle la cartera y llévenme adonde está el jefe de ustedes'. Les di la pistola, fui pasando de mano en mano y, al anochecer, me encontraba ya ante un coronel, jefe de la división. Para entonces ya me habían dado de comer, llevado al baño, interrogado y hecho entrega de un equipo completo, de modo que me presenté en el fortín del coronel limpio de cuerpo y alma y vestido con todas las prendas del uniforme. El coronel se levantó de la mesa y vino a mi encuentro. Delante de todos los oficiales me abrazó y me dijo: 'Gracias, soldado, por el regalo que nos has traído de los alemanes. Tu comandante y su cartera son más valiosos para nosotros que veinte lenguas. Gestionaré ante el mando que se te conceda una condecoración'. Sus palabras, su cariñoso afecto me emocionaron profundamente; me temblaban los labios, no me obedecían y solo pude articular: 'Le ruego, camarada coronel, que me envíe a una unidad de infantería'.

»Pero el coronel se echó a reír y contestó, dándome unas palmadas en el hombro: '¿Qué guerrero vamos a hacer de ti, si apenas puedes tenerte en pie? Hoy mismo te mandaré al hospital. Allí te curarán y te alimentarán bien; después, irás a casa, con permiso, a pasar un mes con la familia, y cuando vuelvas a nuestra división, ya veremos dónde te destinamos'.

»El coronel y todos los oficiales que estaban con él en el fortín se despidieron de mí cariñosamente, dándome la mano, y yo salí de allí emocionado por completo, porque en dos años había perdido la costumbre de que se me tratara como a un ser humano. Y fíjate, hermano, durante mucho tiempo después, en cuanto tenía que hablar con los jefes, continuaba encogiendo involuntariamente la cabeza entre los hombros, como si temiera que fuesen a pegarme. Ya ves qué formación nos daban en los campos fascistas…

»Desde el hospital escribí inmediatamente a Irina. En la carta le contaba todo con brevedad: cómo había estado en el cautiverio, cómo había huido de allí llevándome al comandante alemán. Pero, imagínate, no pude contenerme las ganas y le dije que el coronel me había propuesto para una condecoración… ¿De dónde me vendría a mí aquella petulancia infantil?

»Dos semanas estuve comiendo y durmiendo. Me daban el alimento poco a poco y con frecuencia, pues si me hubieran dado de golpe todo lo que yo quería, habría hincado el pico; así me lo dijo el doctor. Acumulé fuerzas de sobra. Pero al cabo de las dos semanas, ya no podía tragar ni un bocado. No llegaba respuesta de casa y, lo reconozco, me entró la morriña. Ni siquiera pensaba en la comida, perdí el sueño por completo, toda clase de malos pensamientos me pasaban por la cabeza... A la tercera semana recibí carta de Voronezh. Pero no me escribía Irina, sino un vecino mío, el carpintero Iván Timofeievich. ¡No quiera dios que nadie reciba una carta semejante! Me decía que, en junio del cuarenta y dos, los alemanes habían bombardeado la fábrica de aviación y una bomba grande había caído en mi pequeña jata. Irina y las hijas estaban en aquel momento en casa... Y me comunicaba que no se habían encontrado ni los restos de ellas; en el sitio donde estuviera la jata, quedó una profunda fosa... Aquella vez no pude terminar de leer la carta. Se me nubló la vista, el corazón se me había encogido y continuaba hecho un ovillo sin querer dilatarse. Me eché en la cama, estuve acostado un buen rato y acabé de leerla. Mi vecino me decía que durante el bombardeo Anatoli se encontraba en la ciudad. Al atardecer, volvió a la barriada, estuvo contemplando la fosa y regresó de nuevo a la ciudad. Antes de marcharse, le dijo a mi vecino que iba a pedir que lo mandasen como voluntario al frente. Y nada más.

»Cuando el corazón se dilató un poco y empecé a sentir en los oídos el latir de la sangre, recordé con cuánto dolor se había despedido de mí Irina en la estación. Por consiguiente, su corazón de mujer le decía ya que no volveríamos a vernos más en este mundo. Y aquella vez la aparté de un empujón... Tenía yo una familia, mi casa; todo aquello se había ido formando en el transcurso de años, y de pronto, en un instante, desapareció todo y me quedé solo. Pensaba: '¿No habrá sido un sueño mi vida infortunada?' Pues en el cautiverio, casi todas las noches —mentalmente, claro está— hablaba con Irina, con mis hijitos, les daba ánimos; les decía: 'No pasen pena por mí, queridos míos; volveré, soy fuerte, saldré de esto con vida y de nuevo estaremos todos juntos...' Por lo tanto, ¡había estado hablando con los muertos!».

El narrador calló un instante; luego, ya con otra voz, entrecortada, queda, me dijo:

—Echemos un cigarro, hermano, porque me ahogo...

Fumamos. En el bosque, inundado por las aguas del río, se oía el sonoro golpeteo del picamaderos. El tibio vientecillo seguía meciendo perezoso las secas candelillas de los alisos; en la altura, por el azul del cielo, continuaban flotando las nubes, como barcos de tensas velas blancas, pero en aquellos momentos de doloroso silencio, me parecía ya otro aquel mundo infinito que se preparaba para las grandes transformaciones de la primavera, para la eterna confirmación de lo vivo en la vida.

Era penoso callar, y le pregunté:

—¿Y qué ocurrió después?

—¿Después? —repuso de mala gana el narrador—. Después el coronel me dio un mes de permiso, y una semana más tarde ya estaba yo en Voronezh. Llegué a pie hasta el lugar donde viviera en tiempos con mi familia. Un profundo embudo, lleno de agua herrumbrosa, y en derredor, maleza hasta la cintura… Mala hierba espesa y un silencio de cementerio. ¡Ay, cuánto dolor sentí, hermano! Estuve en pie unos minutos, con el alma llena de pesar, y volví a la estación. No pude permanecer allí ni siquiera una hora; aquel mismo día emprendí el regreso a la división.

»Pero unos tres meses más tarde surgió radiante, sonriéndome, una gran alegría, como asoma el sol entre las nubes: apareció Anatoli. Me mandó al frente una carta, por lo visto desde otro frente. Había sabido mis señas por nuestro vecino Iván Timofeievich. Resultaba que primeramente había ido a parar a una escuela de artillería; allí le sirvió su capacidad para las matemáticas. Al cabo de un año terminó los estudios con notas de sobresaliente y marchó a la línea de fuego, y ahora escribía diciendo que tenía ya el grado de capitán, mandaba una batería del 'cuarenta y cinco' y estaba condecorando con seis órdenes y medallas.

En resumidas cuentas, que había dejado atrás al padre en todos los terrenos. Y de nuevo, ¡me enorgullecí de él, terriblemente! Puedes decir lo que quieras, pero se trataba de mi propio hijo, hecho ya todo un capitán, un jefe de batería, ¡aquello no era cosa de broma! Y además, con semejantes órdenes. No importaba que el padre transportase en un Studebaker municiones y otros efectos militares, sus afanes eran agua pasada, mientras que el capitán lo tenía todo por delante.

»Y, por las noches, empezaron los ensueños de viejo: terminaría la guerra, casaría al hijo y me iría a vivir con el joven matrimonio, a trabajar, a cuidar de los nietecitos. En fin, toda clase de ilusiones de vejete. Pero también en este caso falló todo. Durante el invierno atacábamos sin descanso, y no teníamos tiempo para escribirnos con mucha frecuencia; al final de la guerra, muy cerca ya de Berlín, le envié una mañana a Anatoli una cartita, y al día siguiente recibí respuesta. Y entonces me di cuenta de que el hijo y yo estamos cerca el uno del otro. Esperaba impaciente, con verdadera ansia el momento en que nos veíamos. Bueno, y nos vimos… Exactamente el nueve de mayo, en la mañana del día de la victoria, un francotirador alemán mató a mi Anatoli…

»Por la tarde, me llamó el jefe mi compañía. Vi que con él estaba sentado un teniente coronel de artillería, desconocido para mí. Al entrar yo en la habitación, se levantó, como ante un superior. El jefe de mi compañía me dijo: 'Viene a verte a ti, Solokov', y se volvió hacia la ventana. Yo noté una sacudida por todo mi cuerpo, como una descarga eléctrica: había presentido algo malo. El teniente coronel se acercó a mí y me dijo en voz baja: '¡Ten valor, padre! Hoy, en la batería, han matado a tu hijo, el capitán Solokov. ¡Ven conmigo!'

»Me tambaleé, pero me mantuve en pie. Ahora, igual que en sueños, recuerdo cómo íbamos el teniente coronel y yo, en un automóvil grande, avanzando con dificultad por las calles llenas de escombros; recuerdo confusamente una formación de soldados y un féretro envuelto en terciopelo rojo. Y a Anatoli lo veo como ahora a ti, hermano. Me acerqué al féretro. Mi hijo yacía en él, pero no parecía mi hijo. El mío era un muchachito sonriente, estrecho de pecho, con una saliente nuez en el cuello delgado, mientras que allí yacía un hombre joven, guapo, de pecho ancho y ojos entornados, como si estuviera mirando algo muy lejano, más allá de mí, que yo no conocía. Solo en las comisuras de sus labios había quedado grabada eternamente la sonrisa del hijito de antes. Del pequeño Anatoli de otros tiempos. Lo besé y me aparté a un lado. El teniente coronel pronunció un discurso. Los camaradas y amigos de mi hijo se enjugaron las lágrimas, y las mías, que no llegaron a ser vertidas, debieron de secarse en el corazón. Tal vez por eso me duela tanto.

»Di sepultura en tierra alemana, en tierra extraña, a mi última alegría y esperanza; la batería le disparó una salva de honor, despidiendo a mi hijo en su último, largo viaje, y me pareció que algo se desgarraba en mis entrañas... Llegué a mi unidad anonadado, roto. Pero allí me desmovilizaron poco después. ¿Adónde ir? ¿Quizás a Voronezh? ¡Por nada del mundo! Recordé que en Uriupinsk vivía un amigo mío, licenciado en el invierno a causa de una herida; en una ocasión me había invitado a ir a su casa, lo recordé y partí para Uriupinsk.

»Mi amigo y su mujer no tenían hijos, vivían en una casita propia de las afueras de la ciudad. Aunque era inválido de guerra, trabajaba de chofer en una compañía de transportes; yo me coloqué también allí. Me quedé a vivir en casa de mi amigo, me acogieron en ella. Llevábamos diversas cargas a diferentes comarcas; en otoño, nos incorporamos al transporte del trigo. En aquel tiempo fue cuando conocí a mi nuevo hijito, ese que esta jugando en la arena.

»Cuando volvía a la ciudad, de algún viaje, lo primero que hacía, claro está, era detenerme en un ventorrillo a comprar algo y beberme, como es natural, medio vaso de vodka para matar el cansancio. He de reconocer que por aquel tiempo me había aficionado bastante a esta mala cosa... Pues bien, una vez, junto al ventorrillo, vi a ese chicuelo; al día siguiente lo volví a ver allí. Pequeñito, harapiento, con la carita toda manchada de jugo de sandía, lleno de polvo y mugre, despeinado ¡y con unos ojillos como dos luceritos en la noche, después de la lluvia! Y quedé tan prendado de él, que —cosa rara— hasta empecé a echarlo de menos; cuando volvía de un viaje, aceleraba para verlo cuanto antes. Comía a la puerta del ventorrillo lo que le daban.

»Al cuarto día, viniendo directamente del *sovjos*, cargado de trigo viré hacia el ventorrillo. Mi chicuelo estaba sentado al borde de la terracilla de entrada, balanceando las piernecitas y, según todos los síntomas, hambriento. Asomé la cabeza por la ventanilla y le grité: '¡Eh, Vania! Monta a escape en el coche, te llevaré al elevador y, desde allí, volveremos aquí, a comer'. Al oír mis voces, se estremeció, saltó de la terracilla, se encaramó al estribo y me preguntó bajito: '¿Y cómo sabes tú, tío, que yo me llamo Vania?' Y con los ojillos muy abiertos esperó mi respuesta. Bueno, yo le dije que, como hombre de experiencia, lo sabía todo.

»Rodeó el camión para subir por la banda derecha; yo abrí la portezuela, lo senté a mi lado y partimos. Aquel chiquillo tan vivaracho se apaciguó de pronto y quedó pensativo, quietecito; de improviso, posó en mí sus ojos de largas pestañas, combadas hacia arriba, y suspiró. Un gorrioncillo como aquel, y ya había aprendido a suspirar. ¿Acaso le correspondía a él eso? Le pregunté:

'¿Dónde está tu padre, Vania?' Contestó en un susurro: 'Murió en el frente'. '¿Y tu mamá?' 'La mató una bomba en el tren, cuando íbamos de viaje'. '¿Y de dónde venían?' 'No sé, no me acuerdo…' '¿Y no tienes aquí ningún pariente?' 'Ninguno'. '¿Dónde pasas las noches?' 'Donde puedo'.

»Sentí la quemazón de una lágrima ardiente, que no acababa de brotar, y decidí en el acto: '¡Pasaremos juntos las penas! Lo prohijaré'. Y al instante se me alivió el alma, como si entrase en ella un rayito de luz. Me incliné hacia él; y le pregunté quedo: 'Vania, ¿y tú no sabes quién soy yo?' El pequeño inquirió con un hilillo de voz: '¿Quién?' Y yo le respondí, muy bajito también: 'Soy tu padre'.

»¡La que se armó, santo Dios! Se abalanzó a mi cuello, me besó la cara, en los labios, en la frente y comenzó a chillar, con vocecilla aguda de pájaro flauta, atronando el pescante: '¡Papaíto querido! ¡Ya lo sabía yo! ¡Sabía que me encontrarías! ¡Que me encontrarías de todos modos! ¡He estado esperando tanto tiempo a que me encontraras!' Se apretó contra mí, y todo de él temblaba, como una hierbecilla agitada por el viento. Entonces, una neblina me veló los ojos y me entró también un temblor por todo el cuerpo, que se me estremecían hasta las manos… ¿Cómo no solté el volante? ¡De milagro! Sin embargo, me metí sin querer en la cuneta; paré el motor; en tanto seguía aquella neblina en los ojos, no quería reanudar la marcha, no fuera a atropellar a alguien. Estuve allí parado unos cinco minutos, y mi hijito continuaba apretándose contra mí, con todas sus fuercecitas, callado, tembloroso. Le pasé el brazo derecho por la espalda, y lo estreché suavemente contra mi pecho mientras con la izquierda viraba el camión y emprendía el regreso hacia casa. Había desistido de ir al elevador, ¡no estaba yo para elevadores en aquellos momentos!

»Dejé el coche a la puerta, tomé a mi nuevo hijito en brazos y lo llevé hacia casa. Él me echó las manecitas al cuello y no se soltó hasta que llegamos. Tenía pegada su carita a mi áspera mejilla sin afeitar, como soldada a ella. Y así lo llevé a la vivienda. Los dueños estaban en la casa. Entré, les guiñé y dije animoso: '¡He encontrado a mi Vania! ¡Dennos albergue, buena gente!' Los dos, que no tenían hijos, comprendieron al instante y empezaron a moverse diligentes. Pero yo no podía apartar al hijo de mí, de ninguna de las maneras. Como Dios me dio a entender, lo convencí de que me soltara. Le lavé las manos con jabón y lo senté a la mesa. La dueña de la casa le llenó el plato de sopa de coles; al ver con qué ansia comía, se le saltaron las lágrimas. Estaba en pie ante el horno de la cocina llorando y enjugándose los ojos con el delantal. Mi Vania se dio cuenta de que lloraba, corrió a ella y le preguntó, dándole tirones de la falda: 'Tía, ¿por qué llora usted? El padre me ha encontrado a la puerta del ventorrillo. Todos debían estar contentos, ¡y usted llora!' Y ella, al oír aquello, ¡allá va!, arreció aún más en su llanto. ¡Se deshacía en lágrimas!

»Después de comer lo llevé a la barbería y le cortaron el pelo; en casa, lo bañé yo mismo en un barreño y lo envolví en una sábana limpia. Él me abrazó, y así se quedó dormido en mis brazos. Con cuidado, lo acosté en la cama y me fui con el coche al elevador; descargué el trigo, dejé el camión en la parada y empecé a recorrer las tiendas a toda prisa. Le compré unos pantaloncitos de paño, una camisita, unos zapatitos y una gorrita de paja, con visera. Y, naturalmente, resultó que nada de aquello le venía a la medida y, por su calidad, no valía un comino. Por los pantaloncitos me gané un regaño de la dueña de la casa: '¿Te has vuelto loco? —me dijo—.¿Cómo va a llevar el niño pantalones de paño con un calor semejante?' Al momento, puso sobre la mesa la máquina de coser, empezó a hurgar en el arcón y, al cabo de una hora, ya tenía mi Vania preparados unos pantaloncitos de satén y una camisita blanca de manga corta. Me acosté con él y, por primera vez en largo tiempo, dormí tranquilo. Sin embargo, durante la noche me levanté unas cuatro veces. Me despertaba y veía que, acurrucado bajo mi sobaco, como un gorroncillo bajo un alero, respiraba suavemente, ¡y se me llenaba el alma de un gozo que es imposible describir con palabras! Tenía miedo a moverme, no fuera a despertarlo; pero no podía resistir el deseo y me levantaba con mucho tiento, encendía una cerilla y lo contemplaba embelesado...

»Antes del amanecer, me desperté: sentía un ahogo incomprensible. ¿Qué era aquello? Era que mi hijito se había desenvuelto de la sábana y yacía atravesado sobre mí, apretándome la garganta con un piececito; intranquilo era dormir con el chiquillo, pero me había acostumbrado y me aburría sin él. Por las noches, acariciaba al niño dormido, olía sus cabellos alborotados; el corazón sentía alivio, se ablandaba; de lo contrario se me habría petrificado de dolor...

»En los primeros tiempos el chiquillo iba conmigo en el camión, a los viajes; luego, me di cuenta de que aquello no podía ser. ¿Qué necesitaba yo solo? Con un canto de pan y una cebolla con sal, ya estaba harto el soldado para todo el día. Mientras que con él, la cosa variaba: unas veces había que conseguir leche; otras, cocer un huevito, y de nuevo no se podía pasar sin lumbre. No había que dar largas al asunto. Me armé de valor y un día lo dejé al cuidado de la dueña de la casa; allí se quedaba, sorbiéndose las lágrimas hasta el anochecer, y al anochecer corría al elevador para recibirme. Me estaba esperando allí hasta bien entrada la noche.

»Muchos apuros me hacía pasar al principio. Una vez nos acostamos antes del oscurecer. El día había sido de gran ajetreo y yo esta muerto de cansancio; él que siempre piaba como un gorrioncillo, permanecía callado. Le pregunté: '¿En que piensas, hijito?' Él inquirió, mirando al techo: '¿Dónde has dejado el abrigo de cuero, papá?' ¡En la vida había tenido un abrigo de cuero! Hubo que salir del trance: 'Me lo dejé en Voronezh', le dije. '¿Y por qué habías tardado tanto en encontrarme?' Yo le respondí: 'Te estuve buscando, hijito, en Alemania y en Polonia, recorrí toda Bielorrusia, a pie y en coche, y resultó que tú estabas en Uruipinks'. '¿Y Uruipinsk está más cerca que Alemania? ¿Y Polonia está más lejos de nuestra casa?' Así charlábamos hasta que nos dormíamos.

»¿Y crees, hermano, que lo del abrigo de cuero lo preguntó porque sí? No, todo aquello tenía su motivo. Por consiguiente, su verdadero padre había llevado en un tiempo un abrigo así, y él lo recordó. Pues la memoria de los niños es como un relámpago de verano: se enciende de pronto, lo ilumina todo por unos instantes y se apaga. Eso le ocurre a su memoria; igual que el relámpago, brilla de cuando en cuando.

»Puede que hubiera vivido con él en Uruipinsk un añito más, pero en noviembre me ocurrió un percance. Iba por el barro, cuando, al pasar por un caserío, el coche dio un patinazo; una vaca se cruzó de pronto en mi camino y yo la derribé. Bueno, ya sabes, las mujeres pusieron el grito en el cielo, se arremolinó la gente, y un inspector de transporte se presentó como por encargo. Me quitó el permiso de conducir, por mucho que le pedí clemencia. La vaca se levantó, alzó el rabo y se fue a corretear por los callejones, y yo me quedé sin el permiso. Durante el invierno trabajé de carpintero; luego empecé a cartearme con un amigo, también compañero del servicio —que trabajaba de chofer en el distrito de ustedes, en la región de Kashar— y me invitó a ir a su casa. Me escribe diciendo que trabajaré medio año en cuestiones de carpintería, y que luego allí, en el distrito de ustedes, me darán un nuevo permiso de conducir.

»Pero, ¿cómo decirte?, aunque no me hubiera ocurrido ese incidente de la vaca, de todos modos me habría marchado de Uruipinks. La pena no me deja estar mucho tiempo en un mismo sitio. Cuando mi Vania crezca y haya que mandarlo a la escuela, puede que me apacigüe y me asiente en un sitio fijo. Y entretanto, caminamos los dos por la tierra rusa».

—A él le es penoso caminar.

—Él no anda apenas, la mayor parte del tiempo va a cuestas. Lo siento en mis hombros y lo llevo así; cuando tiene ganas de estirar las piernas, se baja y corretea por el borde del camino, retozando como un cabrito. Todo esto, hermano, no importaría, ya viviríamos de alguna manera los dos, pero se me ha escacharrado el corazón, hay que cambiarle los émbolos… Alguna vez que otra se me oprime y me entra un dolor que veo todas las estrellas del cielo. Temo que cualquier noche me muera dormido y dé un susto a mi hijito. Y además, otra desgracia: casi todas las noches sueño con mis queridos muertos. Y la mayoría de las veces, yo estoy tras la alambrada y ellos al otro lado, en libertad… Hablo de todo con Irina y con mis chicos, pero cuando quiero apartar el alambre de espino se alejan de mí, desaparecen como si se esfumaran ante mis ojos… Y fíjate qué extraño: durante el día, siempre me mantengo bien, sin un ay ni un suspiro, pero cuando me despierto por la noche, está toda la almohada empapada de lágrimas…

En el bosque resonó la voz de mi camarada y el chapoteo de los remos en el agua.

Aquel hombre —un extraño, pero ya para mí un amigo entrañable—, me tendió la mano, grande, dura, como de madera:

—¡Adiós, hermano, que tengas suerte!

—Y tú, que llegues felizmente a Kashar.

—Gracias. ¡Eh, hijito, vamos a la barca!

El chiquillo corrió hacia el padre, se puso a su derecha y, agarrándose al faldón de la enguatada chaqueta, echó a andar, con pasitos rápidos y cortos, junto al hombre que caminaba a grandes zancadas.

Dos seres desvalidos, dos granitos de arena arrojados a tierra extraña por el huracán de la guerra, de una fuerza inaudita… ¿Qué los esperaba en adelante? Y hubiera querido pensar que aquel hombre ruso, hombre de voluntad inflexible, no se dejaría abatir, y que junto a él, al amparo del padre, crecería el otro que, cuando fuese mayor, sería ya capaz de soportarlo todo, de salvar cuantos obstáculos encontrase en su camino, si la patria lo llamaba a ello.

Con honda tristeza, los acompañé con la mirada... Tal vez nuestra despedida hubiera terminado bien, pero Vania, luego de alejarse unos pasos, correteando con sus piernecitas cortas, volvió hacia mí la carita y agitó sin detenerse la manita sonrosada. Y de pronto sentí como si una zarpa, blanda, pero de afiladas uñas, me oprimiese el corazón, y me volví de espaldas, apresuradamente. No, no solo lloran en sueños los hombres maduros, encanecidos en los años de guerra. Lloran también despiertos. En estos casos, lo importante es saber volverse a tiempo. Lo principal es no herir el corazón del niño, que no vea cómo por tu mejilla corre, parca y ardiente, una lágrima de hombre...

Te recomendamos...

Memorias del subsuelo
Fiódor Dostoyevski

En *Memorias del subsuelo*, Fiódor Dostoyevski nos sumerge en el monólogo interior de un hombre solitario, resentido y lúcido que ha renunciado al mundo y vive recluido en un oscuro apartamento subterráneo de San Petersburgo. Desde ese "subsuelo" metafórico, el protagonista lanza una feroz crítica contra la sociedad, la lógica racionalista, la moral establecida y las ilusiones del progreso.

Su voz, contradictoria y desgarradora, se convierte en el espejo de una conciencia fracturada, incapaz de actuar, amar o pertenecer. Dividida en dos partes —una reflexión filosófica y una narración autobiográfica cargada de humillación y desprecio—, esta obra breve y profundamente intensa anticipa el existencialismo y la literatura psicológica moderna.

I.S.B.N.: 979-13-70191-06-1

EDICIONS PERELLÓ